TODA CABEÇA
DE IRMÃO

JULIA RAIZ
TODA CABEÇA DE IRMÃO

telaranha

© **Julia Raiz, 2025**

COORDENAÇÃO EDITORIAL Bárbara Tanaka e Guilherme Conde M. Pereira
ASSISTENTE EDITORIAL Juliana Sehn
PROJETO GRÁFICO E DIAGRAMAÇÃO Manoela Haas
PREPARAÇÃO DE TEXTO Bárbara Tanaka
REVISÃO Juliana Sehn
COMUNICAÇÃO Hiago Rizzi
PRODUÇÃO Letícia Delgado e Raul K. Souza

CAPA Manoela Haas
sobre *Acidentes são reais*, fotografia analógica com intervenções, 15 × 21 cm, Luana Navarro, 2012

DADOS INTERNACIONAIS DE CATALOGAÇÃO NA PUBLICAÇÃO (CIP)

R161t   Raiz, Julia
        Toda cabeça de irmão / Julia Raiz. – 1. ed. – Curitiba, PR: Telaranha, 2025.

        112 p.

        ISBN 978-65-85830-32-4

        1. Ficção brasileira I. Título.

                                                                  CDD: 869.93

Índices para catálogo sistemático:
1. Ficção : Literatura brasileira 869.93
Henrique Ramos Baldisserotto – Bibliotecário – CRB 10/2737

Direitos reservados à
TELARANHA EDIÇÕES
Rua Ébano Pereira, 269 – Centro
Curitiba/PR – 80410-240
(41) 3220-7365 | contato@telaranha.com.br
www.telaranha.com.br

Impresso no Brasil
Feito o depósito legal

1ª edição
Julho de 2025

*Que tenha reflexos e que não dure muito.
A umidade favorece as duas coisas.*

NUNO RAMOS

RASPARAM A CABEÇA DELE , 11

MOTEL , 17

SÃO SEBASTIÃO , 27

KATITA , 33

GRANDE PÁSSARO PRETO , 41

MANSÃO DE PEDRA , 47

SUSPIROS , 53

GARÇAS , 61

CORUJA , 69

FEBRE , 79

NINHO , 87

TERRA PRETA HOTEL , 93

TODA CABEÇA DE IRMÃO , 101

ized by Google

PARTE

I

RASPARAM A CABEÇA DELE

A PRIMEIRA VEZ QUE MEU IRMÃO DESAPARECEU EU TINHA DOZE ANOS. Fiquei aliviada no começo. Era dezembro e talvez a gente pudesse ter um Natal normal. Meu padrasto imigrante iria se trancar no quarto e chorar com saudades de casa como ele fazia todos os anos. Minha mãe, o caçula e eu poderíamos comer, cantar as músicas da época e abrir os presentes colocados debaixo do galho que a gente buscava no quintal. Mas, depois do Natal, já era maio e meu irmão ainda não tinha aparecido. Em maio, acontecia a festa do santo padroeiro da cidade onde a gente cresceu, Ibiúna.

Na festa do santo padroeiro, a vizinha e eu fomos pra rua com as barrigas de fora, tentando arranjar alguém que nos pagasse batidas de vinho com leite condensado. Eu tentava não ser obrigada a beijar na boca. A vizinha queria engravidar e ser mãe. Todos os dias, ela almoçava miojo e um copo de leite com achocolatado, tirava fotos eróticas com a webcam e queria ser mãe. "Mamãe", ela queria que uma criança pequena a chamasse assim. Acreditava que ser indispensável pra sobrevivência de alguém tão indefeso compensaria todas as coisas ruins que tinham acontecido com ela.

A vizinha e eu virávamos a esquina da praça da prefeitura, quando ouvimos os gritos. Estavam espancando uma pessoa caída no chão. Congelamos o passo. Um homem dava chutes na cabeça do rapaz caído, enquanto outro acertava sua barriga. O rapaz que apanhava era o meu irmão. Feito um enfeite de estante, caí da altura e me espatifei no chão. Com a cara colada no asfalto, a vizinha chorando em cima de mim, consegui olhar direito pro rosto do rapaz caído e vi que eu tinha me enganado. Não era o meu irmão.

A vizinha correu até o posto de gasolina, chamou o frentista. Ele deu um assobio tão alto com os dois dedos enfiados na boca que aqueles homens saíram correndo. O moço continuou caído, a cabeça grudada nos joelhos. Eu observei seu peito subir e descer com dificuldade. Apesar de não ser meu irmão, ali na hora ele era. As pessoas que carregavam o santo em procissão se aproximavam cada vez mais da praça onde estávamos. O santo estava embrulhado em um pano cor de sangue, só com a cabeça pra fora. Todos repetiam alto a ladainha e tocavam uns nos outros como se fossem todos irmãos. Me levantei, chorando de raiva, não fui falar com o rapaz caído, é impossível todos serem irmãos, é impossível viver em um mundo onde os nossos irmãos são chutados várias vezes na cabeça.

Dias depois da festa do santo, eu estava assistindo à televisão quando percebi uma sombra passar pela janela. Alguém bateu na porta e eu nem tinha escutado o cadeado do portão se movendo. Quando abri, era meu irmão. Reparei na sua calça com terra, ele tirou o capuz e tinham raspado a cabeça dele na zero. Me contou que estava trabalhando em uma construção. Meu irmão poderia ter sido artista, ele cantava e desenhava muito bem, ele poderia ter sido o que quisesse, ele poderia ter sido saudável, mas quem disse que saúde é algo que está ao alcance, basta querer? Meu irmão, no dia que voltou, me pediu comida, bastante comida. A mãe sempre elogiou ele raspar o prato em toda refeição, deixava o prato limpo e comia muita salada. Naquele dia, ele devorou um balde de comida. Eu fui até o quintal e peguei um balde mesmo para deixar ali do lado da mesa. Eu tinha certeza que o corpo dele não ia dar conta de absorver tudo aquilo, que ele ia precisar botar pra fora o que estava botando pra dentro.

Hoje, sentada na cama deste quarto de motel, não consigo me lembrar do rosto do meu irmão comendo, por mais que eu me olhe no espelho. Eu me esforço pra formar uma imagem do seu rosto, mas não consigo. O que eu consigo é, como no dia do santo, enxergar no corpo de outras pessoas o rosto do meu irmão. Enxergar o seu rosto no chão sendo chutado por dois homens adultos. Enxergar o seu rosto com o corpo de São Sebastião, o santo padroeiro, flechado por seus inimigos do Império, sangrando, abandonado pra ser comido pelas aves de rapina. Só consigo me lembrar do meu irmão assim, misturado. Nosso vínculo embaça os rostos desta história.

MOTEL

EU JÁ TINHA DORMIDO COM A MINHA MÃE AQUI NO QUARTO 1, anos atrás, por causa do chuveiro. O único quarto com chuveiro decente é este, perto da recepção. Dessa vez estou sozinha. Estou aqui porque, dias atrás, perdi o último ônibus pra Ibiúna e não consegui mais ir embora. De madrugada, encontrei uma barata no banheiro. Voltei pra cama, tentei dormir, não deu. Voltei pro banheiro com o chinelo na mão e não achei mais a barata. A maneira como os insetos se escondem, espremendo carne e casca em frestas mínimas, me lembra a casa onde eu cresci.

Tentei esquecer a barata, deitei cobrindo nariz e orelhas, mas me levantei logo em seguida e liguei pra recepção. A recepção é um vidro escuro com um furo no meio, por onde passa a voz das recepcionistas, e um vão embaixo do furo, por onde passam dinheiro e documento.

Meu pedido de ajuda saiu mais agudo do que eu gostaria. A moça da recepção chegou com uma vassoura. Eu ainda não tinha visto o rosto dela. A moça pequena perto de mim, eu vestindo um shorts curto, sem calcinha por baixo. Eu nem a conhecia e aqui estávamos envolvidas em uma cena íntima. Ela foi até o banheiro segurando firme a vassoura, também não achou a barata. Não tinha muito por onde procurar.

Quando minha mãe e eu dormíamos no quarto 1, a gente nunca ouvia nada além de pessoas entrando e saindo dos quartos. Não tinha gemido, nem música, nem porta batendo forte, só passos. Eu chegava com a minha mãe, entrava no motel envergonhada, fazendo questão de chamar minha mãe de "mãe" bem alto pra quem estivesse na recepção poder ouvir. Do corpo da minha mãe emana uma umidade erótica, que pode confundir informações óbvias apesar de nossos rostos serem parecidos, mãe e filha. Ela é feirante, trabalha com hortaliças e flores. Mora no interior, em Ibiúna, e nos finais de semana vem fazer feira na capital. Quando quer chegar mais cedo, vem no dia anterior, se hospeda no motel e acorda de madrugada pra armar barraca.

Faz dias que estou sozinha aqui. As poucas vezes que saí foi de manhã quando já está bem claro e quente. Andei pelo bairro e entrei em qualquer lugar pra beber alguma coisa, um suco de laranja. Estou com aftas, e o suco de laranja piorou a situação. Eu não acho que a gente só faz coisas boas para nós mesmos. Às vezes, fazemos coisas que nos machucam, como virar professora e entrar em uma sala de aula. Penso nos meus alunos com carinho. Penso que nunca quero voltar a vê-los.

À noite, tento me masturbar, pra esse lugar ser mais um motel e menos uma cela privativa onde eu mesma me prendi. Tento, mas não consigo porque não paro de me lembrar. Tento não me lembrar de nenhum dos meus alunos. Tento não me lembrar dos ex-maridos da minha mãe. Tento não me lembrar do meu irmão. Tento, mas acabo sempre voltando a me lembrar. Lembrando não consigo me dar prazer, mesmo que esteja presa há dias neste lugar que serve para isso, dar e receber prazer. Penso na moça da recepção, na sua mão segurando firme o cabo da vassoura, penso nas cerdas da vassoura, grosseiras como meus pelos de baixo, penso em mim pelada, de cabeça para baixo como uma vassoura, sendo esfregada pelo chão, meus cabelos fazendo a vez de uma vassoura usada.

Mas na hora do gozo, minha memória se lembra, e eu me sinto triste.

Eu não sou triste, eu estou triste. Eu estou aqui neste lugar só por agora, logo eu vou embora. Isso aqui não vai durar para sempre. No celular tem as ligações perdidas e as mensagens, todas da minha mãe falando do meu irmão. Quando eu tento pegar o aparelho, sinto ele viscoso, largo em cima da cama.

O motel fica de frente pra uma boate. De manhã cedo, nos finais de semana, a rua está lotada de gente entrando nos carros, gritando e se beijando no ponto de ônibus. Se eu tivesse janela no quarto, poderia ver os rapazes se divertindo na saída, cansados, cheirando a álcool, açúcar e mijo. Todos bonitos, só meninos na rua. Eu nunca os vejo entrando no motel, só escuto. Outra noite, ouvi algo novo. Não eram gemidos de prazer, mas podiam parecer se você não estivesse prestando atenção o suficiente. Era um choro contido. Era uma voz que pedia quase sussurrando: por favor, por favor. Ninguém respondia aos apelos.

Então, ouvi a viatura da polícia chegar. A sirene tocou uma vez, curto, depois ouvi o motor desligar, esfriar. A viatura ficou por um bom tempo parada. Eu nunca tinha ouvido isso de a polícia ser tão discreta e morna, prendi a respiração.

Aprendi com meu padrasto imigrante a evitar a polícia a todo custo. Quando ele chegou no país, sem documentos e fugitivo, só sobreviveu à primeira semana em São Paulo porque não falava português. No chão, com uma arma apontada para sua cara, os policiais ficaram confusos quando ouviram aquele homem falar uma língua estrangeira.

A polícia foi embora antes de os meninos da boate formarem fila no outro lado da rua. O barulho dos meninos na boate me lembra meus alunos. Será que meus alunos pensam em mim? Na primeira vez que dei aula para eles, passei mal. Atravessei o gramado até o portão tapando a boca e vomitei, ainda do lado de dentro da escola. Já estava tarde, era a última aula da noite e uma cerração branca ia baixando sobre a saída, carregando o portão cada vez mais longe. O vômito no chão, minha blusa com resto de comida, foi difícil atravessar a neblina, marchar em frente, conseguir ir embora.

Nenhum aluno quer ser como eu, nenhum quer uma vida como a minha. Ninguém quer ser a professora do interior. Então eu estou lá como um contraexemplo de sucesso. Eles sabem que eu me esforço, o que torna o nosso relacionamento ainda mais desigual. Às vezes, percebo interesse vindo da parte deles, mas a atenção da turma é feito gelo e quanto mais eu tento segurar, mais água escorre pelos meus braços e pernas. E eles riem, achando que eu mijei em mim mesma. Ninguém quer ser a professora que se mija inteira. Os meninos sabem exatamente o que significa viver ali, naquela escola que já foi um quartel-general, distante, com comida sem gosto, quase sem pátio, sem terra fresca. Um pequeno jardim na frente, só para constar. Na escola, os alunos estão de um lado da neblina e os professores do outro. Uma escola que já foi um quartel-general é habitada por vapores disformes e aparições violentas. E as histórias sobre as aparições vão passando de turma em turma, ficando a cada ano mais densas e contraditórias.

Depois de ouvir o choro no motel, tomei coragem para ir até a entrada conversar com a recepcionista. O nome da moça é Kátia. Olhando para o seu rosto, imagino Kátia colhendo verdura junto com a minha mãe, ela parece uma pessoa que se daria bem na roça. Kátia de cócoras agarra o pé de alface, torce e o arranca com um único puxão, com sua mão forte, cheia de calos. Kátia, meu herói de vassoura na mão, me salvando das baratas e cheirando à terra de plantio. Por que nossa vida é assim? Suja de terra e difícil de entender? Meus alunos não estão errados sobre mim, eu me molho com frequência à noite. Eu sou essa voz que deixa escapar um choro contido que chega do subsolo da própria cabeça, de um fundo falso onde estão escondidos pensamentos úmidos.

Kátia não me chama pelo nome, apesar de saber qual é, já que preciso deixar o documento todas as vezes que volto da rua pro motel. Eu pego o documento com Kátia pra ir almoçar, volto e deixo de novo o documento lá com ela. O pagamento é sempre adiantado. Isso aqui não é um hotel, não é uma pousada, ninguém está aqui de férias, existem protocolos de segurança. Eu sei que Kátia gostaria de saber o que eu estou fazendo aqui sozinha. "Reclamaram que o quarto 1 nunca mais está vago", ouço sua voz desafiadora através do vidro. Ela sabe que eu sei que o quarto 1 é o único com um chuveiro decente. Um banho decente é o mínimo que se pode pedir em um lugar como esse. E a discrição das pessoas que trabalham aqui. Kátia é a rainha da discrição.

Tenho vontade de chamá-la pra jogar cartas comigo no quarto. Talvez ela seja tão boa de blefe quanto meu irmão. Se Kátia não for fã de cartas, podemos tentar o bingo. Compro as cartelas, tenho pequenos objetos na minha mochila que podiam servir de prêmio, um chaveiro, um par de meias, um maço de mentolado. Quem completar a primeira fileira pode usar o vibrador primeiro. Eu não quero ficar aqui sozinha. Joga comigo, por favor, Kátia, você vai gostar dessa meia estampada com rolos de sushi, pode servir de brinquedo para o seu gatinho, você tem um gatinho?, nas noites em que ele fugir de você pra ir até o quintal matar matar matar. Eu nem como sushi, eu não sei o que pensar dos gatos, a única coisa que sei é que eles são assassinos por natureza, fazem o que for preciso pra sobreviver. Os gatos, os meninos da boate, os meus alunos, o meu irmão: todos especialistas em sobreviver. Venha me visitar, Kátia, me ajude a lembrar menos esta noite.

SÃO SEBASTIÃO

DURANTE AS FESTAS DO SANTO PADROEIRO, aprendi que os escribas antigos, quando escreviam sobre São Sebastião, não falavam sobre a vida dele. Dedicavam-se a descrever, em atas detalhadas, as torturas e os sofrimentos causados ao homem. Essas atas eram expostas em praças públicas. Quem tirou Sebastião do tronco, onde, sem roupa, ele tinha servido de alvo para os soldados romanos, foi uma mulher chamada Irene. Irene levou Sebastião para casa e cuidou dos seus ferimentos. Foi por sua causa que o santo continuou pregando o evangelho contra a vontade do Imperador. Mais tarde, depois do tronco, foi açoitado até a morte e jogado em uma fossa.

Quem tirou o corpo de Sebastião da fossa foi uma mulher chamada Lucina, que o enterrou em seu jardim. Ali o mato começou a crescer cada vez mais errático, descontrolado em abundância. As folhagens exibiam feridas de onde escorria um líquido vermelho e viscoso. Lucina olhava pras plantas e chorava. Chorava de alegria. Nada era mais lindo pra ela do que ver a vida correndo solta, ainda que seja uma vida atravessada por flechas, sangrando. Se o jardim fosse lugar de flor, teria flor. Se fosse lugar de gente, teria gente. Mas ali era lugar de sangue, então teve sangue, porque as forças de vida e morte nesse mundo acontecem sem distinção pra qualquer ser vivo do planeta.

Esta noite, sonhei com uma montanha cercada de água. A montanha não era uma montanha, era um vulcão, um vulcão em erupção. A lava escorria e chegava até o lago, onde formava um caminho de pedras ainda moles, irmãs umas das outras, recém-nascidas. Era um vulcão em trabalho ativo de parto, ao lado um lago. Meu irmão me dizia "pula na água, vem nadar com a gente". Com medo, eu perguntava pra ele se não era perigoso nadar com a lava chegando tão perto. Ele respondia "que nada, é ainda mais seguro". Eu via Kátia dentro da água, só os olhos pra fora, como se fosse um jacaré prestes a escancarar a boca e me engolir. Eu não conseguia alcançar o perigo que eram os dois nadando pelados juntos perto da lava.

Acordada na cama, imagino Kátia comprando flores na feira onde minha mãe trabalha. As flores que Kátia compra são colhidas de jardins sangrentos como aquele onde foi enterrado o corpo de São Sebastião e embaladas pela minha mãe. As flores não são pro motel, são pra Kátia. As flores chegam na casa de Kátia ainda frescas. Na disputa entre patrões e funcionárias, as flores estão do lado da vida.

Imagino que Kátia aprendeu a roubar pequenas coisas do motel. É mais fácil quando os objetos são pequenos, em série ou esquecidos pelos clientes. Se o patrão é bom, Kátia rouba mais ainda. Pensa nisso como uma expurgação espiritual, eliminar tudo o que não é necessário e abrir caminho para o novo. Por isso, é importante não se apegar aos objetos roubados. Ela fica com algumas coisas e distribui o restante entre as vizinhas. Seja esperta, não seja pega. Trabalhe fora da vigilância. Enquanto está dentro do motel, ela se funde à imagem que construíram dela e consegue desaparecer no ponto cego. É preciso ter inteligência pra roubar.

"Ladrão fareja as coisas", minha mãe dizia. Não adiantava esconder nada dentro de casa que meu irmão achava. Principalmente, não adiantava esconder dinheiro. Não era o caso de eu chegar em casa e encontrar as coisas reviradas, não. Tudo parecia no seu devido lugar, ainda que um rastro pairasse pelas superfícies feito uma película, uma segunda pele. A pele das coisas mexidas denunciava: alguém esteve aqui primeiro. A pele das coisas conta da presença que se move entre os objetos. Daí chegava a minha vez de revirar tudo, com a raiva de quem foi enganada. Procurando o quê? Eu não tinha esperança de recuperar meu dinheiro. Eu revirava o quarto do meu irmão, jogava as roupas no chão, eu arrancava o lençol da cama, eu embolava o tapete de tricô, eu buscava no fundo das gavetas os desenhos dele feitos à caneta. Rasgava um por um.

Meu verdadeiro problema não era o dinheiro roubado, meu verdadeiro problema era que meu irmão não se importava com muita coisa, então era difícil machucar ele de volta. Ele tinha me roubado, de novo, e eu queria dar o troco, mas era quase impossível. O que eu procurava, enquanto revirava tudo, não era mais o meu dinheiro, era a tristeza do meu irmão. Eu queria, pra acalmar a minha raiva, encontrar a tristeza dele brilhando, um caco de vidro esquecido em algum canto entre os móveis, uma tristeza pronta pra me machucar se eu conseguisse encontrá-la. Se fosse aquela tristeza brilhante a razão pra ele me roubar, eu podia perdoá-lo mais uma vez. Eu queria dar o meu perdão, eu queria que ele pedisse perdão pra eu poder responder "sim, eu te perdoo". Eu queria mais do que tudo ser perdoada por não ser triste como ele. Porque eu tinha pessoas que me amavam e me tratavam bem. Porque eu conseguia manter minhas roupas limpas. Porque eu não corria o risco de apanhar na rua. Ele precisava comprar respeito e carinho fora de casa porque a gente não bastava para ele. Eu nunca fui o bastante para o meu irmão, ele me deixava sozinha à noite quando eu mais precisava que ele estivesse comigo, que ele estivesse deitado comigo, cúmplices, coxa colada com coxa.

KATITA

DE NOITE, fico encostada na entrada das funcionárias, na recepção, tentando descobrir algo da vida de Kátia. Algo que me faça juntar a pessoa que existe e a pessoa que tenho na cabeça. Evito falar de uma maneira que denuncie que sou professora. Ninguém gosta de conversar com professoras sobre a própria vida, as pessoas se recordam da tinta vermelha no papel e assumem logo que serão corrigidas e castigadas.

Olho pro rosto de Kátia enquanto trabalha e ela não tem uma feição estável, não se parece comigo e ao mesmo tempo poderia ser minha parente. Poderíamos ter vivido juntas em uma dessas ilhas flutuantes que existem na fronteira entre a Bolívia e o Peru, no lago Titicaca. Ilhas feitas de capim fibroso e resistente. Antigamente, nessas ilhas de palha flutuantes, as pessoas construíam suas casas, tinham crianças e trocavam artesanato por batata quando chegavam em terra firme. Viviam na água e da água. Hoje, as ilhas existem como pontos de turismo, ninguém mais vive nelas de verdade. Turistas pagam pra ver a encenação de como esses povos viviam.

Se hoje fosse antigamente, eu subiria na construção mais alta da ilha de capim, usada pra vigília, e avistaria Kátia em outra ilha de capim logo adiante. Acenaria pra Kátia. Ela tiraria do bolso um espelhinho e cegaria meus olhos com a luz do sol refletida no espelho. Meu coração a chamaria de Katita com carinho, eu teria medo de perdê-la pra água. Ela poderia ser minha, ela poderia ser uma irmã. Eu confundo seu rosto com outros.

Em uma casa tão flutuante e instável quanto uma ilha de capim, deve ter sido o que minha mãe sentiu quando éramos crianças e meu pai desapareceu por meses, antes de reaparecer afogado na prainha de água doce da represa de Itupararanga.

Penso no lago Titicaca plácido. A luz do espelhinho de Katita para de iluminar meu rosto e foca em um movimento delicado na água, bolhas estourando. Algo pesado caiu no lago. Ouvimos o som de um salto barulhento, mas não vimos nada. É como se o grande lago tivesse engolido o corpo rápido demais e soltado um leve arroto. Era nosso pai que tinha caído. Nosso pai, braços e pernas pro alto enquanto afundava no lago Titicaca. Na minha cabeça não em Itupararanga, em Titicaca. É assim que se morre afogado? O corpo afunda primeiro e depois volta boiando? Ou pode não voltar nunca mais? Ter em mãos um espelhinho que reflete luz na água pode ser uma maneira bonita de testemunhar tragédias. O pai, de costas pra cima, boiando.

Nosso padrasto, pai do caçula, depois de anos vivendo no Brasil, não achou mais que esse país era seguro pra ele. Fugiu por terra, cruzando o Norte até chegar ao Peru. O caçula se parece muito com o pai, nosso padrasto. E meu irmão se parece muito com o pai, nosso pai. Talvez por isso que meu padrasto batia tanto no meu irmão, por isso que quebrava a sua cara. Não por ciúmes de um homem morto, mas por meu irmão ter o rosto de um homem afogado, por trazer consigo esse perigo triste e poderoso de machucar a si mesmo. Meu padrasto quebrava a cara perigosa do meu irmão, o espancava deixando marcas aquareladas pela sua pele, passava pimenta na sua boca, nas suas unhas roídas e meu irmão ia ficando cada vez mais triste e cada vez mais perigoso.

Quanto mais apanhava, mais aumentava o grau de perigo das brincadeiras que fazia com o caçula, quando eu não estava em casa. Raspou o cabelo do caçula à força, obrigava ele a pegar merda da privada com a mão e jogar no telhado do vizinho, ensinava o menino a queimar saúvas vivas e assistir a elas se debatendo. Um dia, quando eu cheguei mais cedo da escola, estava segurando o caçula de cabeça para baixo, pelo tornozelo, enquanto o balançava na varanda, a quatro metros do chão.

Talvez ser parecido com o pai afogado tenha a ver com uma tristeza que não passa e nem se curva diante dos castigos físicos. Uma tristeza que obriga a repetir amanhã o que foi proibido hoje, só que pior. E talvez isso lembrasse ao meu padrasto a sua própria tristeza, uma incontrolável, que ele também sentisse. "É só não olhar", eu ouvia ele gritando quando eu começava a chorar, ajoelhada junto do meu irmão caído. A memória mostra que quando a gente não quer ver alguma coisa não basta fechar os olhos. Talvez seja pior fechar os olhos. Quando eu fecho os olhos, ouço a voz dentro do motel pedindo "por favor" e é o rosto do meu irmão que chama.

Nas noites em que consigo ficar perto de Kátia, encostada na porta da recepção, me sinto melhor.

Menos úmida. Mesmo ela não mostrando o menor sinal de que está interessada em dividir informações sobre sua vida comigo. Deve achar estranho eu gastar dinheiro pra ficar aqui tantos dias, sozinha. Aviso ela que decidi ir embora. Amanhã vou sair cedo, caminhar até a rodoviária e comprar minha passagem pra Ibiúna, voltar pra casa da minha mãe. Ela acena com a cabeça, concorda que, independentemente do que esteja acontecendo na minha vida, é sim hora de ir, eu preciso ir embora.

Tenho a impressão de que minha partida deixará Kátia mais tranquila. Eu não devia estar aqui e isso perturba a ordem do local. Kátia quer que eu vá embora, resolver o que preciso resolver. O que é que eu preciso resolver? Ela sabe? Pergunto pra Kátia se ela tem irmãos. Ela responde que tem uma irmã, bem mais nova. Irmã por parte de pai. Não diz mais nada. Mexe em alguns papéis soltos, repete que está ocupada hoje, precisa fechar o mês. "Recepcionista mexe com finanças?", pergunto engraçada. "Recepcionista entra até no quarto com cabo de vassoura se for preciso", ela responde séria, antes de voltar os olhos pros papéis.

Solto um bocejo forçado e finjo que preciso voltar pro quarto. O celular vibra de novo, resolvo abrir as mensagens não lidas. Respondo minha mãe dizendo que estou bem, que logo estarei com ela. Que o trabalho me impediu de viajar, que o final do semestre e as provas e as notas e as reuniões. Não digo que estou naquele motel em São Paulo, o mesmo em que dormíamos juntas antes de ir pra feira. Não digo que estou aqui porque não consigo pegar o ônibus pra Ibiúna. Não digo que estou cheia de aftas.

De volta no quarto, sem ter o que fazer, fico em pé encarando a cama redonda com o colchão encapado de plástico que faz barulho quando eu me viro à noite. Entro no banheiro onde está a pia baixa, o espelho que abre e é um armário para escovas e o box do chuveiro com cortina também de plástico. Será que, se eu precisasse, conseguiria fugir daqui por essa pequena janela basculante arrancando a telinha de proteção contra baratas? Eu estou tão encardida quanto esse banheiro? Existem cantos da minha mente que eu não consigo limpar, lugares mofados onde crescem formas de vida sem contornos. Se eu começar a gritar bem alto agora, Kátia vai entrar pela porta? Me proteger de todos os perigos com um cabo de vassoura?

GRANDE PÁSSARO PRETO

"NÃO TEM OUTRA MANEIRA DE TE EXPLICAR, moça, tinha um pássaro preto voando dentro do quarto". O rosto perturbado de Kátia me impedia de chamá-la pelo nome. Ela tinha entrado com tudo no quarto, assim que eu destravei a porta, com o cabo de vassoura na mão, preparada pra resolver qualquer problema, menos esse. Kátia tinha me escutado gritar porque eu vi, acima da minha cabeça, voando em círculos, um grande pássaro preto.

Quando ela bateu na porta com força, perguntando o que estava acontecendo, saltei de uma só vez da cama até a maçaneta e destranquei a porta. Ágil, Kátia entra, fazendo o pássaro desaparecer. Era isso o que eu estava tentando falar pra ela, primeiro convicta, depois aceitando que ela não ia entender. Eu não estava sonhando e também não estava mentindo, como explicar pros outros a realidade outra das coisas, o lado avesso, quando nem eu mesma entendo? O que esse pássaro queria aqui, no quarto 1, comigo?

Depois que Kátia, sem dizer nada, saiu do quarto, me deitei na cama, sem fazer nenhum movimento e, apesar do calor, com a coberta enfiada até o nariz. Segurei o xixi o resto da madrugada porque não queria fazer barulho. Levantar, acender a luz do banheiro, derrubar o xixi na água, dar descarga, tudo seria barulhento demais e eu não queria causar mais nenhuma perturbação em um ambiente já bastante perturbado. Pensei que isso pudesse impedir o pássaro de voltar. Pensei que o silêncio era o castigo que Kátia tinha me dado, mesmo sem ter dito nada. Senti muita pena de mim mesma, desacreditada. Minha vontade era me costurar na parte de dentro do colchão e ficar ali, quieta, sem deixar vestígios. No dia seguinte, uma das moças da limpeza abriria a porta e encontraria o local vazio, tudo em seu devido lugar. Logo, liberaria o quarto pra um casal afobado que transaria em cima de mim, me esmagando com suas ondas de tesão e falta de ar, até que minha carne ficasse bem junta da fibra do colchão. Mesmo assim, eu não daria um pio.

A noite foi ruim. Não consegui dormir depois de ver o pássaro. Pensei na minha carteira assinada, que por alguma razão resolvi trazer comigo na mochila. Lá está comprovado que eu sou uma professora. Me lembrei do teste admissional, que tinha falhado em perceber que sou uma pessoa que pode ver pássaros dentro de quartos de motel. Minha chance de me aproximar de Kátia e saber mais da sua vida acabou. Engulo o constrangimento de ter chamado a moça da recepção de Katita, muitas vezes, mesmo que só dentro da minha cabeça.

Depois de horas de silêncio, consigo sair do quarto, só porque tenho certeza de que Kátia nunca faz o turno da manhã. Dei bom-dia, sem levantar a cabeça, à mulher que estava atrás do vidro fumê e saí em direção à rodoviária pra comprar a passagem. Não vou ficar esperando o pássaro voltar, vou embora.

A Barra Funda está cheia de gente. Não ligo de ter que esperar na fila do banheiro e pagar dois reais pra usar a privada. É bom lembrar que existem milhões de pessoas nesta cidade além de mim e de Kátia, bilhões de outras pessoas no mundo inteiro. Talvez algumas dessas pessoas enxerguem coisas que as outras não enxergam ou sejam visitadas por pássaros. Pessoas que são mais ou menos sadias e estão com pressa pra alcançar seus destinos e resolver seus problemas pessoais. Sejam os problemas quais forem, tenham quais dificuldade tiverem, existe quem acredita com força que eles, mesmo com sacrifícios, podem ser resolvidos.

Depois do banheiro, vou direto comprar a passagem. A única empresa que vai até Ibiúna tem o nome de um rio estrangeiro: Danúbio Azul. A mesma senhora de sempre, com óculos de lentes grossas e fortemente maquiada, está no guichê da Danúbio Azul, não lembro mais seu nome. Minha mãe costumava ficar conversando com ela por um tempo, enquanto eu esperava impaciente a hora de ir pra casa. Lembro que ela tinha uma filha adotiva que, quando estava terminando os estudos do magistério, morreu do coração dentro de casa. Penso nessa senhora agora na minha frente abrindo a porta, vendo a filha caída no corredor. E agora toda vez que ela abre a porta espera ver alguém no chão. A criançada da escola onde a filha trabalhava apareceu em peso no velório.

Me aproximo do balcão, torcendo pra velha não me reconhecer. Ela parece mais maquiada do que nunca e me atende com monossílabos. Eu tiro da mochila a carteira de trabalho e entrego pra ela pelo vão do vidro. "Pode ser a carteira de trabalho? Perdi todos os meus outros documentos", eu minto sem saber por quê. Ela pega minha carteira de trabalho sem responder, abre, dá uma olhada na foto e depois no meu rosto. Abre a boca pra dizer alguma coisa e desiste. Me devolve o documento. Com a passagem na mão, estou saindo quando ouço sua voz: "Você virou professora?". Não interessa o que pensam as pessoas da Barra Funda, tem problema que não dá mesmo pra ser resolvido.

No caminho de volta pro motel, compro tudo o que preciso pra não ter que sair do quarto até a hora da viagem. Coloco a passagem desdobrada em cima da cama, bem no centro, sob vigilância. No final da tarde, ainda é outra pessoa que está na recepção, então é tranquilo sair sem trombar com Kátia. Espero checarem o quarto, o que não demora nada porque não tem muito pra ver. Pego meu documento de volta na recepção e vou embora pra rodoviária.

Ao ar livre me sinto melhor, penso menos no pássaro preto. Tenho tempo até o ônibus sair e a temperatura está agradável. É um daqueles bons começos de noite pra se estar fora. Eu fiquei muito tempo naquele quarto, sozinha. Vou voltar pra casa da minha mãe. Enquanto cai a noite, lembro que hoje vai ter open bar na boate na frente do motel. Mais tarde, os meninos vão beber, dançar, e talvez um grande pássaro preto sobrevoe a cama do quarto 1.

MANSÃO DE PEDRA

QUANDO MEU IRMÃO DESAPARECEU PELA SEGUNDA VEZ, os vizinhos comentavam que ele fazia parte do bando que tinha invadido a casa do Coronel Darcy. Coronel Darcy era um velho aposentado da aeronáutica, um homem tranquilo, que mantinha o cabelo com um corte militar e falava com a voz baixa. Morava em uma grande casa, feita inteiramente de pedra, com a filha única. A filha estava sempre com o cabelo bem preso em um rabo de cavalo alto e era tão calma quanto o pai. A gente não sabia o que tinha acontecido com a mãe dela e por que moravam só os dois naquela casa enorme que nós chamávamos de mansão de pedra.

Coronel Darcy, no ano da invasão, estava tentando se tornar o próximo prefeito da cidade de Ibiúna. Foi o único candidato a não usar carro de som e nem fazer showmícios. Ele visitou todas as escolas do município, inclusive as mais distantes, as que ficam no meio do mato, onde só estudam as crianças que ajudam a mãe na roça, onde a professora é muitas vezes também diretora e merendeira. Por causa da campanha à prefeitura, Coronel Darcy passava muito tempo fora de casa.

Não fiquei sabendo o que tinha sido roubado na invasão e nem por que ninguém foi preso. No bairro, corria a história que o bando de invasores tinha pegado a filha do coronel sozinha em casa e que tinham acabado com a moça. Quando meu irmão reapareceu, não perguntei pra ele se era verdade, porque nenhum de nós queria conversar sobre isso. Coronel Darcy não ganhou a eleição naquele ano, mas continuou tentando. Anos depois, quando eu já não morava mais em Ibiúna, ele finalmente ganhou. Foi prefeito durante três meses antes de morrer por causa de um ataque cardíaco fulminante. No bairro, comentavam que ele tinha sido envenenado pelo vice-prefeito. Depois da morte do Coronel, a filha dele saiu da cidade, nunca mais foi vista. A mansão de pedra ficou abandonada, cresceu em volta dela um mato alto e diziam ser frequentada por gente ligada ao crime organizado. Quando a pessoa entra no crime organizado, quando entra na igreja, ela é chamada de irmão.

Caminho sem pressa do motel até a rodoviária com a mochila bem presa nas costas. Atravessando a comprida rua Guaicurus, conto três novas igrejas Glória de Cristo. Quando chego, não desço de imediato até a plataforma onde o ônibus vai sair, tenho tempo. Me sento nos bancos do andar de cima, perto dos guichês. Nos bancos à minha frente, tem uma família, uma mulher e um homem mais velhos e dois meninos, que devem ser os netos.

A avó conta as malas, mochilas, sacolas e cobertas várias vezes pra se certificar de que tudo está ali, ao mesmo tempo segue os meninos com os olhos, enquanto eles sobem e descem dos bancos pulando, fazendo caretas e se batendo contra as pernas de quem está passando. O avô está afundado na cadeira, com os pés apoiados sobre uma das malas, quase cochila. Às vezes, abre um olho pra conferir o relógio pendurado no teto do terminal. As crianças parecem atrações de circo. Sobem, caem, dão cambalhota e capotam. Dão risada alta, se movem sem contornos, são divertidas e mal-educadas.

Assistindo aos dois meninos, tive vontade de ser professora deles. Ensiná-los a ler, presenteá-los com embrulhos grandes e coloridos no final do ano. Eles me amariam, me abraçariam forte, me chamariam de profê, de tia. Eu olho pra avó e ela está balançando a cabeça, fingindo que acha um absurdo eles serem assim tão saudáveis. É saúde. É muita saúde o que eles estão esfregando na cara de todos, e eu me sinto um pouco mais saudável também.

Só que de repente algo ruim acontece e interrompe a saúde. Um dos meninos cai no chão e sangra. Um corte é feito no tempo saudável, o menino bateu o queixo com força no concreto. Mordeu a língua? Caiu um dente? Da boca da criança escorre muito sangue. O outro menino, irmão daquele que se machucou, começa a tremer, dá pra ver de longe. Eu sei que dói sangrar, mas eu não olho pro menino que sangra. Sinto o abalo no corpo do irmão. Pior que sangrar é ver sangrar um irmão. É isso o que o segundo menino aprende ali, agora, bem na minha frente. Ele está aprendendo que se você sangra você endurece, se seu irmão sangra você amolece. E o menino vai ficando mole, molinho. Só dá tempo de eu pular e segurar a criança pelo cabelo. O menino desmaia nos braços da professora que ele nem conhece. Só que eu não sou mais sua professora, ou sua tia, nem mesmo uma desconhecida intervindo na cena. Eu sou ele, eu sou a criança. Enquanto estou segurando o menino, eu estou me segurando, mole, com os olhos fechados porque não aguento ver meu próprio irmão sangrar.

SUSPIROS

ANOS ATRÁS, na mesma época em que meu irmão desapareceu pela terceira vez, eu comecei a receber ligações anônimas no celular. Era meu primeiro aparelho e poucas pessoas tinham o número. Meu padrasto tinha me ensinado que a gente não deve ficar dando o número do celular pra qualquer um. A proibição de dar o número pra "qualquer um" era mais uma de tantas outras proibições que compunham a constelação paranoica do nosso padrasto imigrante e fugitivo, que só dormia se tivesse um pedaço de pau do lado do travesseiro, ao alcance da mão. O celular tocava, eu lia na tela "número desconhecido" e atendia mesmo assim. Às vezes, só ouvia sons de uma respiração ofegante do outro lado da linha, às vezes, um lamaçal de coisas sujas que iriam acontecer comigo se um dia a voz conseguisse me alcançar.

Chego correndo de volta ao motel na mesma hora que o ônibus onde eu deveria estar a caminho de Ibiúna sai da rodoviária. Pela primeira vez, reparo que o motel não tem placa, nenhuma indicação de nome ou do serviço oferecido ali. Subo os degraus altos que dão pra porta. Toco três vezes a campainha antes que alguém decida liberar minha entrada. Qualquer pessoa que já tenha frequentado um lugar desse sabe que não dá pra simplesmente ir entrando. Tem uma câmera apontada pra escada e uma porta bastante pesada precisa ser destravada.

Na recepção, um casal conversa com Kátia. Eu não consigo vê-la por causa do vidro, que me parece ainda mais escuro do que antes, mas ouço sua voz. O casal caminha até o quarto 1, o meu quarto, abraçados. Kátia já tinha me visto pela câmera, ela que destravou a porta, sabia que eu estava de volta. "Pensei que você fosse embora", ela diz só depois de o casal entrar no quarto. "O quarto 1 acabou de ser ocupado". Penso que perdi o chuveiro, talvez tenha perdido também o pássaro preto. Peço um quarto no primeiro andar, ela me dá a chave do quarto 3. Quero perguntar por que ela demorou tanto pra destravar a porta pra mim, quero contar do menino com a boca ensanguentada, do seu irmãozinho em choque, mole nos meus braços, de como não consegui de novo entrar no ônibus, mas pego a chave e caminho em direção ao corredor.

Sinto alguém atrás de mim. É Kátia, que me ajuda a abrir a porta.

Ela não entra. Fica encostada no batente. Quer dizer algo. Eu continuo em silêncio, sentindo a distância entre nós diminuindo. Não foi essa a intimidade que imaginei pra nós duas, essa é estranha, torço pra ela não me perguntar do pássaro. Olhando só pro chão, talvez incomodada de estar no quarto com uma cliente, Kátia começa a contar uma história confusa de quando foi em uma festa na casa dos amigos do namorado. Chegou lá com bastante dor de cabeça e acabou aceitando um remédio oferecido pela mãe do amigo, a dona da casa. "A mulher é louca", Kátia diz, assim fácil, com todas as palavras que uma frase dessa exige e que ela soube dispor uma depois da outra.

A mulher é louca e Kátia tomou o remédio que a mulher deu e desmaiou na cama. Depois acordou com alguém em cima dela, passando a mão pelo seu corpo, só que não conseguia reconhecer quem era e muito menos se mover, só conseguia sentir o peso e o bafo quente. Sem conseguir resistir, ela se entregou ao desmaio e só acordou horas depois. Foi primeiro no banheiro e lavou o rosto. Depois, foi até o quintal, onde os amigos estavam sentados em roda fumando, e bateu na cara do primeiro que encontrou. Bateu com a mão aberta, deixando uma marca vermelha no rosto do rapaz. Kátia gritou que nunca ninguém ia encostar a mão nela de novo e foi embora, batendo o portão.

Nessa noite, todo mundo jurou pro namorado de Kátia que não sabia o que tinha acontecido. O próprio namorado não tinha visto ninguém levantar da roda enquanto ela estava dormindo no quarto por causa da dor de cabeça. "Até hoje eu não sei o que aconteceu", Kátia termina, soltando um suspiro. "Estou te contando isso só pra você saber que eu entendo. Você vê coisas que os outros não veem". Eu dou um salto com as minhas pernas compridas em direção a Kátia, quero abraçá-la forte, ela se desvencilha rápido e fecha a porta, gritando lá de fora: "boa noite!".

É madrugada, acordo com o casal do quarto 1 transando. O homem geme, está sendo castigado, ele suja a cobertura impermeável do meu colchão do quarto 1 e eu não posso fazer nada. Amanhã de manhã, vou até a rodoviária e compro uma nova passagem pro fim da tarde. São apenas setenta quilômetros até Ibiúna, a viagem leva uma hora e meia.

Desisto de me despedir de Kátia, mesmo assim preciso agradecê-la. À tarde, antes de seguir pra rodoviária, saio pra comprar uma lembrancinha, talvez uma caixa de bombom. Na mercearia da esquina não tem caixa de bombom e o supermercado é longe. Escolho um pacote de suspiros e peço pra moça do caixa um cartão em branco, onde escrevo "Muito obrigada por me salvar. Duas vezes". Desenho no canto do cartão, de caneta preta, um pequeno pássaro com as asas abertas, fica parecendo uma pintura de caverna, um símbolo antigo e mal-feito. Uma mensagem cifrada que só nós duas podemos entender. Volto pro motel me sentindo cúmplice.

É cedo, então tenho certeza de que Kátia não chegou ainda, vou deixar o presente com quem estiver. Bato na porta lateral da recepção pra deixar o pacote de suspiros e o pequeno envelope. Uma moça, que eu nunca tinha visto antes, me atende, tenho a sensação de que o presente não vai ser entregue. Mesmo assim deixo a sacola com ela.

Na hora de sair, me atrapalho com a porta de metal, pesada demais. A moça da recepção chega pra me ajudar. Me deseja boa viagem, eu aproveito pra pedir mais uma vez que ela entregue a sacola pra funcionária do turno da noite. Ela tem um rosto gentil e diz que eu não preciso me preocupar, ela com certeza vai fazer o que eu peço. Não acredito. Agradeço mais uma vez e me despeço ao cruzar a porta. Tenho a impressão de ouvir um minúsculo e agudo pio.

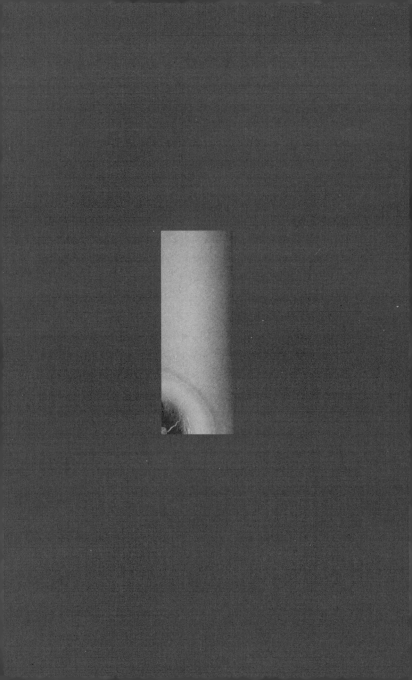

PARTE

II

GARÇAS

EM IBIÚNA, a terra é massapê roxo, fértil, é chamada de terra preta. Minha mãe não tem terra preta pra plantar, trabalha colhendo e vendendo o que os outros plantam. Minha mãe interrompe a lógica "você colhe o que planta", não colhe o que planta, colhe o que outra pessoa plantou. Talvez esse seja o mote da sua vida, colher o que outra pessoa plantou. Foi o que aconteceu quando ficou viúva, depois que o marido se afogou na represa Itupararanga por vontade própria – e ela ficou pra trás pra colher sua morte.

De dentro do ônibus pra Ibiúna, reconheço as plantações e estufas de flores e todo o trajeto que vamos percorrer. Sei em quais pontos da estrada os passageiros descem e sobem. Depois de passar por Vargem Grande, estamos chegando nos condomínios de veraneio onde as famílias da capital compram casas de campo, organizam passeios de veleiros na represa de Itupararanga, onde seus filhos podem andar de quadriciclo sem capacete e baforar loló sem ninguém pra encher o saco.

O céu começa a escurecer conforme o ônibus se aproxima da cidade. A escuridão do mato me lembra as canções da infância. Meu padrasto cantava muito bem. Tínhamos momentos de paz quando ele cantava a trilha sonora de um musical dos anos setenta ou hinos gospel. Nós três, as crianças, fazíamos o coro. O caçula tinha dificuldade de acompanhar porque ainda era muito pequeno. Meu irmão era mais afinado do que eu, respirava melhor, pronunciava as palavras de maneira mais limpa. Quando estávamos só eu e ele em casa, cantávamos juntos na varanda, olhando lá de cima a cidade pequena que começava a se acender contra a escuridão, uma resistência inútil.

O que levou meu irmão pra igreja foi mais do que seu talento natural para os hinos gospel, foi o desespero. Desespero a que assisti crescer depois da invasão à mansão de pedra. Meu irmão sempre cantou e desenhou melhor do que eu e eu gostava que fosse assim, era fácil deixar ele ser melhor nas coisas. E ele era mesmo melhor em tudo, principalmente em ser triste.

Quando estávamos sozinhos em casa, cantando da varanda, eu sentia as ondas de som saindo das nossas bocas de criança pra irem soprar o voo das garças lá no alagado onde elas vivem, à beira da marginal que circunda a cidade. Junto com a cruz, as garças são o símbolo central no brasão da prefeitura de Ibiúna. Três garças quase todas brancas, a não ser por um longo bico amarelo e pés pretos. Seus pescoços emplumados se contorcem e esticam pra alcançar comida, suas pernas finas criam um contraste doloroso com a grosseria e a falta de jeito humanas.

Eu via lá de cima, da varanda, nosso canto soprando o voo das garças. Minha mãe sempre alugou casas no alto de morros, tínhamos que subir pra chegar. Meu irmão continuou subindo. Depois da invasão à mansão de pedra, subiu no mapa e, como missionário da igreja Glória para Cristo, foi parar no México. Foi embora sem me avisar. Um amigo que tinha saído do crime organizado o convenceu a entrar no país ilegalmente. Foi pregar o evangelho e vender livro da igreja pros mexicanos. Esteve lá nos últimos sete anos, voltou sem dinheiro nenhum.

Ainda me lembro da letra da canção dos anos setenta que cantávamos juntos em coro:

When the moon is in the Seventh House
And Jupiter aligns with Mars
Then peace will guide the planets
And love will steer the stars

This is the dawning of the age of Aquarius
The age of Aquarius
Aquariuuuus!
Aquariuuuus!

Eu não sei mais do meu padrasto, ele trocou de número tantas vezes desde que chegou ao Peru que acabamos perdendo contato. Depois de tantos anos, ainda me lembro da canção e sonho com ela. No sonho, estou comendo miojo na frente da televisão, quando aparece na varanda um público exigente, pronto para assistir ao musical que eu e meu irmão íamos apresentar. Meu padrasto é uma espécie de agente ou empresário. Pulo do sofá e me posiciono ereta ao lado do meu irmão, estamos nervosos. Logo no ato de abertura, alguém da plateia levanta e dá um tapa violento no rosto do meu irmão. É ele que recebe o castigo por eu não ter alcançado a nota certa.

Desço do ônibus na última grande curva antes de entrarmos na cidade, minha mãe mora fora do perímetro urbano, em um bairro que chamam de Curvão. Do bairro, que fica em uma parte alta, dá pra enxergar mais adiante a placa de boas-vindas. Da estrada, desço uma ladeira íngreme pra entrar em um caminho de terra envolto por um banhado raso coberto por capim. Depois, preciso subir novamente, ainda pelo caminho de terra, até um terreno alto com duas casas.

Minha mãe mora na casa maior, e a família do proprietário do terreno, na casa menor. O proprietário está precisando de dinheiro, por isso decidiu alugar a casa maior, ainda que inacabada, sem forro. A casa maior é maior, mas não é grande. Tem dois quartos pequenos com um banheiro no meio, sala e cozinha. Minha mãe divide o espaço com as aranhas que moram dentro de casa, no teto sem forro, e do lado de fora no telhado. Várias aranhas grandes e coloridas por todo o céu da casa, em teias intricadas, tecem narrativas do que está acontecendo lá embaixo. Minha mãe costuma tomar café lá fora e eu não sei como nenhuma aranha cai dentro da xícara. Se meus alunos pudessem olhar o rosto de uma aranha dessas, perto o suficiente, veriam que é uma criatura com muitos olhos. Parecem ter roubado os olhos de outros insetos, porque cada um tem um tamanho diferente. As aranhas roubam os olhos e as maiores comem de tudo, até filhote de garças.

Enquanto subo pelo caminho de terra até a casa da minha mãe, penso que em alguns minutos estarei refletida nos olhos das aranhas, assim que chegar na varanda. Elas me enxergam de um ângulo que eu nunca verei a mim mesma, de cima. Estarei refletida na retina dessas criaturas de olhos roubados, seus olhos também são teias, estarei presa nelas de alguma forma.

O terreno compartilhado pelas duas casas quase sempre está tomado por um capim alto. Depois do banhado, começam os barracos de tábua. E na frente dos barracos estão as criações de galinha e porco. Às vezes, aparece algum pangaré maltratado, com um pedaço de corda roída no pescoço. O cheiro azedo do esterco dos bichos me acalma, e o sangue deles na terra depois do abate é uma imagem de vida.

Minha mãe viu o ônibus parar no Curvão, me viu descer a ladeira e depois subir o caminho de terra. Ela solta todo o ar do peito enquanto me abraça, eu conheço essa maneira da minha mãe me juntar ao corpo dela com vontade. Quer conversar agora, não me deixa nem entrar em casa primeiro. Me senta à mesa na varanda, pra dizer que meu irmão precisa da minha ajuda, precisa de mim.

CORUJA

"VOCÊ PRECISA CONVERSAR COM ELE", minha mãe repete. Não consigo me concentrar no resto do que ela diz porque, no fundo do terreno, vejo os dois filhotes da Violeta pulando no mato alto igual coelhos. Eu consigo ver suas orelhas, depois os olhos e de vez em quando os focinhos e os pescoços. Um mais preto, outro mais caramelo, eles são irmãos, saíram juntos do mesmo buraco. Os filhotes são muito mais saudáveis e felizes do que a mãe. Violeta vivia rosnando e avançando nas pessoas.

Minha mãe para de falar, me encara esperando uma resposta. "Estou feliz de ver os filhotes da Violeta crescidos" é o que eu consigo responder. Minha mãe, mesmo sabendo que não teria nada pra ver, se vira tão rápido, em direção ao mato, que quase cai da cadeira. "Por que você faz essas coisas comigo?", ela me pergunta com raiva, os olhos enchendo de lágrimas. Minha mãe chora quando está com raiva, se torna uma pessoa dramática quando está apaixonada. Ela está apaixonada, está colhendo verdura na terra preta do novo namorado. Talvez este não desapareça.

Minha mãe conta que as vizinhas do Curvão ficam cuidando da sua vida. Uma delas disse que viu meu irmão dentro da Saveiro, de madrugada, com os faróis do carro acesos. Quando espiou da janela, ele estava dentro do carro, chorando. Molhando a cara de soluçar. Um homem adulto chorando, nada mais suspeito. "Você precisa conversar com ele", repete. Ele saiu da igreja, tem tomado remédio. Minha mãe tem medo de que ele perca o trabalho, que ele vá pra rua. Pra ela, trabalhar resolve tudo. Trabalhar mais é sempre a resposta. Peço licença pra tomar banho e vou contra sua vontade.

O banheiro cheira a homem, cheira a roupa suja e pele morta, pela casa ainda tem coisas do meu padrasto, dentro de caixas de feira. Tecidos estampados, elásticos em rolo, discos de vinil, fitas-cassete, alguns livros. Meu padrasto montava sandálias, as solas eram de borracha, e as tiras, feitas com restos de tecidos coloridos vindos do Peru. Ele esticava uma lona na calçada e vendia as sandálias no centro de São Paulo. Você podia dar qualquer material na mão do meu padrasto que ele transformava em algo que podia ser vendido. Fora de casa, quando ele não estava perto, minha mãe o descrevia como "um verdadeiro artesão". Minha mãe conheceu ele assim, vendendo sandália na rua. Levou ele pra casa em Ibiúna pra morar com a gente, onde ele ficou por quinze anos antes de sair do país, deixando o caçula pra trás. Não sei falar sobre o caçula, eles sempre deixaram ele pra dentro de casa, enquanto meu irmão e eu dormíamos fora, na edícula. Eu não consigo falar sobre ele, talvez eu também tenha o deixado pra trás.

No aparador da sala tem uma foto do caçula segurando Violeta no colo. Na noite em que a gente encontrou Coruja na rua, ela cuspiu na minha cara e passou a mão na cabeça da Violeta. Coruja é uma mulher de rua, que só aparece à noite. Antes de ir parar na rua, tinha sido assessora de vereador e estava financiando a casa própria. Coruja se apaixonou por um homem ruim, que sumiu quando ela engravidou e voltou quando a criança tinha acabado de nascer.

Eu ouço essa história desde pequena. Depois de sete dias que a criança tinha nascido, o homem apareceu e arrebentou Coruja na porrada, antes de desaparecer de novo. Então, seis meses depois, ele voltou de novo e levou a bebê embora, ninguém soube pra onde. O homem morreu um pouco depois, na rua, executado. A bebê nunca mais foi encontrada. Ela tinha um outro filho pequeno, Tony, e como não conseguia mais cuidar dele, o menino foi entregue à avó. Virou nosso vizinho no bairro. Coruja apanhou no resguardo e roubaram sua filha. Quando alguém pergunta "o que aconteceu pra ela ser louca assim?", as velhas da cidade respondem: "apanhou no resguardo". Toda velha sabe que resguardo quebrado dá em loucura.

Hoje, Coruja joga pedra em carro, dorme em cima de árvore e cospe na cara das pessoas que cruzam seu caminho à noite. "Louca!", alguém grita quando ela acerta o cuspe. Às vezes, surge uma velha pra lembrar a história, pra falar alto que ela apanhou no resguardo, como parte de um coro que se apresenta em praça pública. Quem não entende a razão na hora talvez não entenda nunca, ainda assim o coro continua repetindo.

Eu devia apenas ter agradecido pelo meu irmão não ter parado na rua como a Coruja, mas não consegui nem assistir de perto nem desaprovar sua vida religiosa. Ele ficou no México por sete anos e agora voltou. Recentemente, conseguiu um serviço de garçom no único hotel da cidade. Tenho medo de procurar por ele e não o achar de novo, perdê-lo de novo de vista, nunca mais encontrá-lo.

Na manhã seguinte à minha chegada, acordo com duas vozes conversando baixo, quase em sussurros. Reconheço a voz da minha mãe, não sei de quem é a outra. Me levanto da cama onde dormi com a minha mãe e me aproximo da porta pra tentar distinguir as palavras. As duas falam sobre alguém que parece estar enlouquecendo, elas têm pena. Minha mãe escuta mais do que fala, responde com sons curtos como pios. Penso na Coruja e no pássaro preto. Coruja me lembra o destino anunciado que sobrevoa algumas cabeças: viver sua loucura na rua. Mas elas não usam a palavra loucura, não usam a palavra louca. Tento abrir a porta bem devagar pra escutar melhor, e as vozes se calam. A mulher se despede da minha mãe, ouço ela saindo pela varanda e cumprimentando de longe a vizinha da casa ao lado.

Diferente do meu irmão, que sempre foi mestre em desaparecer, eu não consigo me manter escondida.

Me lembro, é final de tarde, tenho treze anos e estou descalça. Desço o mais rápido que posso pelo atalho de terra no meio do mato. Preciso buscar um remédio no veterinário. Sinto que pisei em uma coisa dura que depois fica mole, uma cobrinha? Uma cabecinha. Uma cabecinha de rato. Levanto o pé e vejo que esmaguei um filhote, isso me obriga a parar de correr. Pego o ratinho pela cauda e jogo ele longe pra dentro da mata. O seu corpo sem vida não me causa mal-estar, nem eu ter o matado, o que me perturba é eu não conseguir seguir em frente.

Ouço gemidos atrás de mim, me agacho rápido e, quando me viro em direção ao som, vejo embrenhados entre as árvores dois vizinhos da rua de baixo, Dayane e Tony, trepando. Dayane, a vizinha com quem eu ia nas festas de São Sebastião. Tony, o filho crescido da Coruja. Ele tampa com a mão a boca de Dayane pra menina não gritar demais. Ela está encostada em um tronco, curvada pra frente virando os olhos pra cima, sua pele branca esverdeada refletindo o mato. Tony sobe nela por trás, seus pés estão curvados, mal tocam o chão porque ele é mais baixo do que ela. Seu rosto inchado vermelho, faz força. As roupas dos dois, penduradas no galho, parecem encharcadas. Parecem ter saído agora mesmo da água. De onde estou agachada, consigo ver atrás deles, escondido alguns metros adiante, o irmão gêmeo de Dayane, Diego. Ele tenta se camuflar entre as árvores, com o pau duro pra fora do shorts, está com a língua pra fora, parece morrer de sede.

É aí que meu celular toca, busco rápido o aparelho no bolso pra Tony e Dayane não perceberem que estou ali, só que não consigo alcançá-lo a tempo. Os dois me acham e me olham com nojo, imaginam que estou ali há muito tempo e de propósito. Não consigo fugir, na tela a mensagem de número desconhecido, aperto o botão de atender em vez de desligar. Do outro lado da linha, ouço a mesma respiração ofegante da última ligação. Pra conseguir escapar, eu aponto pra onde Diego está escondido, o casal se vira e eu saio correndo de volta pro atalho. Diego e Dayane eram órfãos igual a Tony. Era o irmão que sustentava Dayane. Chamávamos os dois pelas iniciais, DD, porque eram gêmeos e estavam sempre juntos.

Cheguei correndo no veterinário e voltei pra casa pelo asfalto, pra não ter que passar de novo pelo atalho de terra. Quando cheguei, Violeta uivava de dor. Pelo som que a cachorra fazia, dava pra saber que a dor era insuportável. A barriga dela tinha ficado mais rígida e estufada. Minha mãe deu o remédio na boca da cachorra, que não recusou. Violeta olhava pra gente pedindo ajuda, não conseguia ficar parada em uma posição só. O sofrimento durou a madrugada inteira. Sua barriga prenha ondulava de uma forma que eu não sabia que era possível.

Antes de o sol nascer, minha mãe encontrou o corpo de Violeta dentro do mato, não muito longe de casa. Molhadas pelo primeiro orvalho do dia, duas bolinhas ensanguentadas, dois irmãos protegidos pela mesma placenta, eram as únicas coisas que ela tinha conseguido expulsar de dentro de si. O resto da ninhada ficou onde estava e apodreceu junto com a mãe debaixo da terra. Dizem que os cachorros absorvem a doença dos donos, absorvem a violência da casa. Meu irmão não viu Violeta morrendo porque ainda estava desaparecido.

FEBRE

DEPOIS QUE VIOLETA MORREU, eu ficava muito tempo sozinha em casa com o caçula e pra me distrair fazia sempre o mesmo: fuçava as coisas da minha mãe. Mexia em tudo o que ela tinha. Abria as gavetas, olhava tudo no armário, experimentava suas saias, blusas, sutiãs e seu único maiô, lilás com aberturas nas laterais da cintura, que mostravam bastante pele. Eu vestia por cima do que eu estava usando sua jaqueta de nylon e o jeans do trabalho no campo. No pescoço, juntava os colares de madeira e as guias de miçanga colorida.

Eu faço o mesmo agora que minha mãe saiu. Começo pela cômoda. No fundo da última gaveta, encontro o velho pacotinho de plástico com esmeraldas que eu conheço desde criança. O pacotinho está mais amarelado e menos cheio de pedras. As esmeraldas são pequenas e parecem não brilhar tanto quanto antes, mas continuam lá disponíveis, à espera. Esmeraldas de baixa qualidade e sem procedência não valem muito e valem menos ainda quando alguém está com pressa de vendê-las. Minha mãe ganhou esse pacotinho de esmeraldas do meu pai, antes de ele morrer. Foi com as pedras que ela conseguiu comprar a passagem de volta do meu irmão do México.

O pacotinho com esmeraldas foi o que sobrou do meu pai. Um rastro dos seus planos megalomaníacos, que ficavam mais exagerados a cada ano. Todo ano ele se convencia de que ia enriquecer apostando em um negócio diferente que ninguém tinha tentado antes. Se entusiasmou com as lan houses, se envolveu com inseminação de cavalos manga-larga e tentou empresariar uma dupla de moda de viola. Muitas ideias, que ele achava geniais, já tinham passado pela sua cabeça e nunca foram concretizadas. Quando chegava a hora de executar o plano, ele sempre acabava com tudo antes de começar, ou porque os sócios eram incompetentes ou porque ninguém queria investir o montante que ele achava necessário. Depois, não devolvia o dinheiro que tinha sido emprestado, parava de atender as ligações, evitava passar por certas ruas, por certos comércios da cidade. As esmeraldas se encaixavam em algum lugar nessa linha tortuosa de negócios fracassados de um homem pobre. Até que meu pai apareceu afogado na prainha doce da represa Itupararanga e as ideias acabaram.

Dentro do guarda-roupa da minha mãe, encontro uma caixa de sapato com documentos, convites pra batizados e casamentos, notas fiscais, cartões telefônicos velhos com paisagens do estado, além de duas fotos que eu nunca tinha visto antes, separadas do resto dos álbuns guardados na sala. Na primeira foto, minha mãe aparece com o caçula no colo e do lado está meu padrasto, que usa um boné colorido. No canto, aparecem as minhas pernas e os braços do meu irmão, estamos fora de quadro, ao fundo, complicando o que seria um retrato comum de família, de um casal com o seu novo bebê.

Na segunda foto, meu pai está com meu irmão no colo, os dois sentados na frente de um computador desligado. O computador é um tubo grande e encardido que ocupa metade da mesa. No fundo, caixas de feira cheias de tralha e o azulejo do piso rachado. A foto foi rasgada, não achei a outra metade. Tinha sido minha mãe que rasgou a foto? Por quê? Eu fico olhando meu irmão no colo do meu pai, tão frágil. Seus bracinhos magros. Uma dor por aquela criança me toma por inteira. Enfio a segunda foto no bolso e saio de casa.

Subo a ladeira do Curvão até a estrada onde fica o ponto de ônibus. Quando chego, um carro para no ponto e o homem de dentro grita que cobra cinco pra me levar até o centro. Eu tinha me desacostumado a pegar carona com gente desconhecida, mas entro no carro mesmo assim. Andamos alguns quilômetros até o portal de boas-vindas pra depois subir até a rua do cemitério, a parte mais alta da cidade. Peço pro motorista me deixar ali. Reconheço o colorido das lápides do cemitério municipal lotado, as cruzes de diversos tamanhos entre os galhos estiolados crescendo em direção ao sol. O cemitério está cada vez mais vertical e irregular, feito o crescimento de leveduras e bolores, formando a silhueta de uma cidade de mortos empilhados. Penso se a filha da Coruja está ali, uma bebê enterrada como indigente esperando sua história ser contada, ou se conseguiu crescer e fugir dessa cidade. Quem sabe foi adotada por uma mulher que trabalha até hoje no terminal Barra Funda, quem sabe morreu do coração antes que pudesse virar professora como eu.

Caminho sem rumo em direção à rodoviária, à beira da marginal, paro pra comer um cachorro-quente do jeito que gosto, com purê de batata. Na hora de pagar, reconheço a moça do caixa. É Dayane, a irmã gêmea de Diego. Não ouso olhar diretamente pra ela, muito menos cumprimentá-la, deixo o dinheiro no balcão e vou embora. Se ela me reconheceu, fez um bom trabalho em disfarçar.

Assim que termino o lanche, começo a sentir um peso no estômago, como se eu tivesse comido um saco de pedra. Me sinto intoxicada. Decido entrar na rodoviária, deixo escapar um arroto de maionese. No letreiro da rodoviária, estão faltando letras na palavra IBIÚNA. O que sobrou foi UNA e o contorno das primeiras letras. A rodoviária não é a rodoviária que eu conheço sem as letras faltando, sem o cheiro de fritura, sem as goteiras e poças de água onde os pombos batem os pés vermelhos. Sem a atendente fumante, sem os artesanatos indígenas expostos na manta de grafismos coloridos, sem a revolta pelos atrasos.

Estou enjoada. Minha pele está molhada e quente. Caminho pela rodoviária procurando o ônibus certo, tomada pela tontura da febre. Decido que é melhor me sentar lá fora, no banco de concreto, de frente pros taxistas, sinto que vou desmaiar e a Coruja vai aparecer pra cuspir em mim enquanto eu estiver desacordada, direto na minha boca, vai me contaminar com a sua saliva como a Dayane me envenenou com o cachorro-quente.

Um dos taxistas se aproxima. "Você está bem, moça?". Eu deito no banco, encosto a cara no frio do concreto e nessa posição difícil, de lado, vomito uma massa branca com pedaços de salsicha. O taxista me oferece água, me ajuda a levantar, tira um pedaço de papel higiênico do bolso pra eu limpar a boca. Ele está com vergonha de mim, "Quer que eu ligue pra alguém?". O taxista não para de olhar para os colegas, cada um encostado no capô do seu carro esperando a próxima corrida. Alguém liga o som de um dos carros bem alto e a música se espalha pela rodoviária em ondas pesadas. As pessoas na fila estão cansadas demais pra uma música tão alta. A música se instala insuportável dentro da minha cabeça. Todo mundo sabe que a música alta é minha culpa. Meu vômito no chão começa a atrair os pombos, um a um, em círculos, com suas unhas pintadas de vermelho. As unhas vermelhas dos pombos se camuflam nos seus pés vermelhos. Meus olhos também devem estar vermelhos, porque os pés dos pombos desaparecem nos meus olhos. É a febre.

Eu me levanto do banco de concreto, quero fugir dos pombos, tento sair da rodoviária por onde não podem sair os pedestres, o motorista do ônibus buzina pra mim, não consigo ver seu rosto, está coberto de sombra. Me sinto mais vazia depois do vômito, mas ainda estou quente. Quando finalmente consigo sair da rodoviária, vejo, do outro lado da marginal, um outdoor com o brasão da prefeitura. As três garças do brasão ganham vida e voam pra fora do outdoor. Nada pode impedir essas criaturas de tomar impulso com suas pernas finas, um pulo singelo e já estão no ar. Acompanho em êxtase o voo de libertação das garças, antes símbolos, agora aves de carne, osso e poder de voo. Uma delas passa por cima da minha cabeça, dá a volta e pousa, me oferecendo carona no lombo macio. Agora estou no alto, voando em cima da garça, deixo a marginal pra trás e atravesso a ponte de madeira pelo ar, chegando ao alagado onde estão os ninhos.

A garça que me carrega usa suas pernas dobráveis pra suavizar a aterrissagem. Eu escorrego do seu lombo até o chão, sentindo na pele suas penas macias, um cheiro úmido de peixe. Com os pés no chão, volto a ser uma criatura que delira, que tem febre, mas não voa, sou humana de novo. Logo adiante da ponte de madeira, encontro um grande arco onde se lê REAL PARK.

NINHO

O BAIRRO ONDE EU E MEU IRMÃO CRESCEMOS, formado por cinco ruas que serpenteiam o morro depois do alagado onde estão os ninhos das garças, tinha sido cercado e transformado em um condomínio fechado. O arco em que se lê REAL PARK guarda a entrada de um condomínio de veraneio pras famílias da capital passarem os finais de semana. Sem me dar conta, fui trazida pela febre de volta pra casa. Vomitei o cachorro-quente na rodoviária, a febre me fez subir no lombo de uma garça e deixei pra trás toda a minha autopiedade. Diante do arco, quanta vontade de perversão, de invasão.

Driblo com facilidade o porteiro, que dava atenção a um carro parado na frente da guarita. Eu conheço bem o atalho de terra que existe logo atrás de onde a portaria foi construída, consigo acessá-lo passando por uma cerca de arame, um caminho íngreme e estreito que corta o mato. Difícil de subir e fácil de descer. Mesmo lugar onde vi Tony e Dayane, me lembro de Diego escondido e pela primeira vez não sinto mais vergonha por nós e sim um direito de invadir de volta.

Enquanto subo o atalho, a terra seca solta pedrinhas que raspam contra a sola do meu tênis. Mesmo que ainda febril, agora é um tipo de febre parecida com a vontade, uma que fortalece os músculos. Eu estou com fome de subir, não tem ninguém escondido no mato pra me aproveitar, eu sou a que poderia se aproveitar de alguém. O mato sempre foi lindo pra mim, o cheiro da terra úmida, o cheiro da carniça, pequenas falsas cobras-corais, folhas crocantes, gravetos melados, tudo aqui é uma armadilha de beleza querendo sobreviver. Nunca me senti tão bonita quanto agora, subindo de volta pra casa.

Chego até o final do caminho que dá pra última rua do condomínio, encontro construções altas com muros de vidro, que estão sendo levantadas ao lado das casas antigas. Não tem ninguém passando na rua e as janelas estão quietas, estranho a falta dos cachorros. Consigo ver adiante a casa onde crescemos. Eu sei que da varanda da casa dá pra ver lá embaixo a ponte de madeira e o alagado onde vivem as garças. Dá pra ler, do outro lado da marginal, a palavra UNA no letreiro da rodoviária.

Os cômodos da casa são na parte de cima. A parte de baixo é só um vão que serve de garagem. Entro pela garagem, forço a primeira barra do pequeno portão que dá acesso à escada, ela não cede. Quando eu morava aqui, dava pra tirar a barra e entrar sem precisar da chave se espremendo entre as grades. Só que a barra não cede, eu também não caberia mais entre as grades. Mesmo assim tento uma, duas, três vezes, bato os nós dos dedos no ferro, a pele escapa, sai sangue, a barra não se move. Tento a maçaneta, ela abre no primeiro solavanco, o portão está destrancado, me esperando perceber.

Entro e sigo pela esquerda por um corredor que chega até o fundo da casa. No fundo, três degraus dão acesso à edícula. Ando pelo corredor sem fazer barulho, por mais que a casa pareça vazia e também a rua e mesmo todo o condomínio, a não ser pelo porteiro distraído. Passo pela fossa fechada, que no nosso tempo tinha a tampa quebrada e fedia. Aqui passa o esgoto que é despejado lá embaixo da ponte, no alagado das garças. Antes o mau cheiro indicava o caminho, agora a água suja que passa por baixo da casa é só mais uma coisa que foi soterrada. No fundo, encontro os varais cheios de roupa gotejando. Peças que poderiam servir no meu corpo, no corpo das pessoas que moravam comigo aqui.

Sigo até a porta da edícula, que, como o portão, também está aberta. Quando entro, o que encontro lá dentro é a nossa bagunça. Não a bagunça das pessoas que vivem aqui agora, a nossa bagunça. As nossas caixas de feira cheias de tralha. Tenho vontade de procurar algo, mas o quê? O que eu pretendo achar? No quarto da edícula, encontro as nossas camas, a cômoda de madeira escura que dividíamos, os bibelôs de biscuit que ganhei de aniversário da vizinha, os livros encapados. As roupas sujas do meu irmão emboladas, jogadas no canto. O caçula era o único filho que dormia dentro de casa, nosso lugar era aqui fora.

Começo a ouvir um barulho vindo de dentro da casa. Ouço vozes familiares. As vozes chegam até mim em ondas que se chocam contra o meu corpo. As ondas, eu posso senti-las se batendo contra tudo o que eu sou. Com dificuldade, volto pro corredor. Sinto as ondas me perseguirem, querem se chocar com violência contra mim, me amparo com as costas na parede e sinto o cimento chapisco na nuca. As vozes em forma de ondas sonoras são um perigo à minha unidade, vão criar ar dentro de mim, me expandir, me despedaçar. Reconheço a voz do meu irmão cantando na varanda, misturada aos meus sons, eu ouço a mim mesma correr, eu ouço a mim mesma cantar, chorar, viver dentro da casa. As ondas de som são a prova de que eu ainda estou aqui, nesta casa, assistindo ao meu irmão apanhar até perder a consciência de novo. Apanhar até perder. O alagado onde as garças fazem ninho continua sendo alimentado pelas nossas vozes lançadas da varanda. Como eu faço pra me fazer ir embora?

Algo poderoso corta as ondas de som, é o assobio de uma ave. Um assobio conhecido, carinhoso e ameaçador. Interrompe as ondas, me faz pular até a maçaneta, abrir o portão e sair pra rua. Lá no alto, acima da minha cabeça, bate as asas um grande pássaro preto, me cobrindo com a sua sombra. Sinto os olhos da ave sobre mim.

TERRA PRETA HOTEL

QUANDO DEIXEI O CONDOMÍNIO PRA TRÁS, eu tinha folhas no cabelo, que grudaram enquanto descia voando pelo atalho de terra. O porteiro tentou me parar aos gritos, mas eu não olhei pra trás. Desci correndo, passei o arco e não parei de correr até cruzar a ponte de madeira.

Não estou mais correndo agora, sigo em marcha firme até o centro da cidade, subo a ladeira que vai me levar até lá, no sentido contrário aos carros, não olho ninguém nos olhos. Depois de ouvir nossas vozes em casa, eu não posso, eu não consigo voltar pro Curvão, pra São Paulo, pra lugar nenhum. Sigo até a avenida São Sebastião, a rua mais movimentada, sei o caminho de olhos fechados, chegando lá é fácil encontrar o único hotel da cidade. Na entrada, o letreiro: TERRA PRETA HOTEL.

Entro pela porta respirando pela boca, cansada, vou direto até o rapaz da recepção e pergunto pelo meu irmão. Peço pra falar com ele, é urgente. O rapaz me olha confuso, ele nunca me viu antes, mas de alguma forma me reconhece, porque está acostumado a ver o rosto do meu irmão.

A entrada do hotel é vermelha com sacadas de janelas brancas. A decoração da entrada é confusa. Na parede, há grandes tartarugas coloridas de madeira junto de cavalos-marinhos, estrelas-do-mar e dois remos cruzados formando um xis. Todos os objetos parecem ter sido reaproveitados de uma casa de praia e contribuem para a propaganda dos passeios aquáticos feitos pela represa de Itupararanga. Enquanto o rapaz da recepção pega o telefone, imagino meu irmão transformando toalhas brancas em cisnes. "Ele ainda não chegou", o rapaz me informa, colocando o telefone no gancho. "Vai chegar quando?". O recepcionista não quer colaborar, está irritado com a minha presença, ele não tem resposta pra dar e não está com vontade de especular.

Saio do hotel e volto pra rua à procura do meu irmão. Pra minha surpresa, ele está somente algumas ruas pra baixo, em uma padaria do lado da prefeitura. A padaria se chama Princesa. Dois olhos gateados de predadora flutuam no letreiro da padaria acima da palavra Princesa, escrita em letra cursiva. Da vitrine, eu o reconheço de costas pra entrada, no balcão, conversando com dois homens em pé e um terceiro sentado ao seu lado. É final de tarde, o lugar está cheio. Tem uma fila grande no caixa e as pessoas esbarram umas nas outras com sacos de pão e bolos decorados.

Meu irmão se vira, agora está de perfil. Ele envelheceu, tem linhas no rosto que não existiam antes, perdeu quase todo o cabelo da frente. Seus braços estão maiores, e o rosto, mais inchado. Parece menos o pai e mais a mãe e isso me perturba. Tenho vontade de chorar como se não estivesse assistindo ao meu irmão pela vitrine, vivo, e sim a um vídeo feito in memoriam. Estou exausta, não tenho forças pra atravessar os olhos de predadora da gata Princesa e entrar na padaria. Também sei que não adianta ir até o meu irmão quando ele está com homens por perto. Decido voltar pro hotel e esperá-lo lá.

Tive que pagar pelo quarto porque o rapaz não me deixou esperar pelo meu irmão na recepção e o restaurante do hotel só abria mais tarde. O moço da recepção me fez lembrar que estou cheirando a vômito. Ele preferia que eu fosse embora com minha roupa vomitada e o rosto familiar, mas eu não posso ir a nenhum outro lugar, então fiquei. Paguei por um pernoite no quarto 101 no primeiro andar.

Tiro as meias pra sentir o piso gelado. É um começo de noite quente, mas sei o quanto vai esfriar de madrugada. Ibiúna é sempre fria de madrugada porque foi construída bem no alto, um ninho a mil metros acima do nível do mar. A janela não tem vedação suficiente pra impedir que o vento gelado invada o quarto. Sinto meu corpo molhado de novo, a cabeça alta, é a febre.

Estou deitada de lado no chão frio de azulejo quando vejo debaixo da cama um papel. Estico o braço pra alcançá-lo, é um folheto, uma propaganda do Terra Preta Hotel. Na frente, informações sobre passeios de jet ski na represa Itupararanga. No verso, algumas linhas explicando o nome do hotel.

A palavra Ibiúna é formada por Ybi, terra, e Una, preta, palavras tupi-guarani. Só que diferente do que tinham me ensinado na escola, o nome da cidade, "terra preta", não significa solo fértil, e sim lugar escuro. O nome da cidade foi dado pela região ser envolta por uma densa neblina que enfraquece a luminosidade.

Por isso é Una, escura. O vale de Una foi uma rota de fuga para famílias indígenas que fugiam de missionários, caçadores de recompensa do trabalho escravo na mineração, porque o vale era um lugar escuro, onde é mais fácil se esconder.

Com o folheto na mão, sinto uma forma de vida tomar impulso, despertada de uma longa letargia, ela parece querer esticar as asas. Consigo sentir suas asas abertas tentando se acomodar entre as minhas costelas. Essa terra não é só boa pra plantar, é boa pra se esconder, pra se embrenhar pelo mato escuro e ficar quieta, enquanto alguém te espia. Enquanto um ser faminto que deseja sua carne se espreita pelos troncos.

O telefone do quarto toca. Demoro pra lembrar onde estou. Estou dormindo no chão frio do quarto de hotel. "Desce", ele diz do outro lado da linha em um tom controlado. É só quando meu irmão olha pros meus pés que eu percebo que desci até o restaurante do hotel descalça. Ele encara meus pés enquanto segura com as duas mãos um espeto de churrasco, com asinhas de frango, que ele vai servir pra única mesa com clientes. A maneira como a pele dourada das asinhas de frango brilha sob a luz do restaurante me pareceu ameaçadora.

Olhando ele servir a mesa, entendi que meu irmão continuava sendo um estranho que eu nunca pude alcançar. Ainda assim, preciso voltar ao meu irmão pra fazer escoar de mim as nossas frustrações, as nossas fúrias. Só com ele é possível compartilhar a causa de uma desilusão que não acaba, a de que a vida não foi o que gostaríamos que fosse e mesmo assim é a única que temos.

TODA CABEÇA DE IRMÃO

"VOCÊ SEMPRE OUVE SÓ O QUE QUER. Não sou eu que precisa de ajuda", ele diz, depois de soltar o espeto com as asinhas de frango. Viemos pro fundo do restaurante, onde podemos conversar o mais longe possível dos clientes. Contei pro meu irmão o que a mãe tinha dito tantas vezes, que ele precisava de mim. Por isso eu vim. "Não sou eu que preciso de ajuda, é você. A mãe quer que eu converse com você, por isso te chamou pra vir", ele diz juntando catarro na boca e depois engolindo de volta porque não tem onde cuspir. "Eu acabei de começar a trabalhar aqui, você não pode ficar". Eu não quero brigar, não quero dizer que paguei pelo quarto, que senti sua falta. Tento mudar de assunto, conto da minha surpresa por ele estar mais parecido com a mãe, não conto que o vi antes, no balcão da Padaria Princesa.

"E você está parecida com o pai", ele disse, e isso soou como um aviso. Sinto um ar profundo se formando no meu peito, o ar quer sair, vai sair de qualquer jeito e reverberar em onda pelo salão do restaurante. Estou tentando contê-lo, só que o ar é mais forte, vem lá do fundo, vem carregado de som. O ar vai me fazer piar, arrulhar, cacarejar, chalrear, grasnar, está vindo, vou ter que soltá-lo, vai ser agora. "Tem um pássaro preto voando aqui em cima". Meu irmão arregala os olhos, as olheiras se aprofundam. Sabe de algo que eu não sei, mas permanece em silêncio, também está exausto. O cheiro da asinha de frango apodrecendo no espeto me deixa tonta. Tento de novo: "tem um pássaro preto".

Meu irmão continua olhando para mim. Nada. Eu belisco forte o braço dele, meio por brincadeira, meio por desespero. Preciso de uma resposta. Ele fica com raiva, me dá um empurrão que me derruba da cadeira. Depois, assustado com a própria força, quer me ajudar a levantar, mas eu puxo uma dtas suas pernas, faço ele perder o equilibro e cair. Eu dou socos nas suas costelas, ele faz estalar meu couro cabeludo, nós queremos nos machucar e conseguimos. Já fizemos isso tantas vezes antes, nos engalfinhar no chão, nos embolando, mordendo, cuspindo, babando, sangrando. Os clientes levantam da mesa, gritam, e as suas vozes parecem distantes. Um funcionário chega da cozinha e joga um balde de água em cima de nós.

Saímos correndo juntos pra fora do hotel, meu irmão e eu, molhados de suor e água. A noite está gelada e as roupas grudam no corpo. Caminhamos pela avenida São Sebastião em silêncio. A cidade está vazia, somos só nós dois na rua. Eu sigo meu irmão pelo caminho como fazia quando éramos crianças. Um canto de pássaro noturno preenche o ar, chega por todos os lados, por nenhum lado, não sabemos de onde ele vem. Na esquina, avistamos Coruja com o cabelo desgrenhado e as roupas sujas. Não envelheceu nada, o tempo não passa aqui. Meu irmão me empurra pra frente gritando: "corre, senão a Coruja vai te pegar!". Em meio às risadas, corremos juntos pela rua vazia da nossa cidade escura e úmida.

Até que eu sinto uma dor aguda, uma flechada no pé esquerdo. Paramos de correr, levanto o pé e vejo sangue. Pisei em um caco de vidro e, por estar descalça, entrou fundo. Mostro o pé pro meu irmão. "Você sempre faz isso", ele diz. "Faço o quê?". "Se machuca pra eu ter que cuidar". Ele apoia meu braço no seu ombro e eu vou pulando com um pé só. Mais duas quadras, chegamos na frente de um portão, ele abre o cadeado enquanto me apoio na grade. "Não acorda o cachorro", ele diz baixo e me ajuda a atravessar o corredor lateral da casa.

Chegamos a uma edícula no fundo, na frente dorme acorrentado um cachorro enorme, do tipo Fila, inteiro tigrado caramelo com preto. Meu irmão abre a porta com cuidado e me coloca pra dentro, sentada no sofá. A edícula é pequena, sala aberta pra cozinha separada por um balcão, do lado direito o quarto, do esquerdo o banheiro. "Quem mora na casa da frente?", pergunto, enquanto meu irmão volta da cozinha com um pano de prato e álcool. "Uma funcionária do hotel, ela aluga a casa do fundo pra mim". Ele tira com cuidado do meu pé o que sobrou de caco de vidro e, sem me avisar, derrama álcool em cima, e a dor me faz gemer. Com o mesmo pano, limpa o caminho de pingos de sangue que eu deixei pra trás no chão. Cola um curativo onde tinha derramado o álcool e me entrega um copo de água.

"Eu vou sair cedo amanhã, a porta vai ficar destrancada. Bate lá na casa da frente que uma mulher fica lá o dia todo e abre o portão pra você sair". Não quero que a conversa acabe, mas não consigo responder nada. Encaro a única gota de sangue no chão que ele não limpou. Ele coloca um colchão sem lençol no chão. No espaço quase não cabe uma pessoa adulta. Sinto um latejar quente no machucado, o pé está febril, demoro pra pegar no sono. Meu irmão, ao lado, não faz barulho, não dá pra saber se está dormindo ou acordado.

Adormeço com a imagem do peito flechado de São Sebastião. E sonho.

A mãe coloca uma galinha com o peito totalmente aberto no chão. A galinha é uma oferenda que está sendo entregue a uma ave gigantesca que aterroriza

Ibiúna. A mãe pede para a ave monstro abrir o próprio peito para poder receber a oferenda. Quando ela aceita se abrir, meu irmão aparece. Carrega consigo um arco com apenas uma flecha. Quando o peito da enorme ave se abre, meu irmão lança a flechada certeira que derruba a ave do céu. Eu despenco girando das alturas, posso ver a mim mesma caindo. Agora, sou a ave com a flecha cravada no peito aberto.

Acordo com os latidos do cachorro que arranha sem parar a porta da casa da frente. O sol está alto. Tenho dificuldade de me levantar. Debaixo do curativo, a ferida está amarelada com pus. Depois de ficar de pé com custo, vem uma vertigem como se eu continuasse caindo do céu. Na cozinha, jogo mais álcool na ferida, procuro um outro curativo. Vou até o banheiro, depois pro quarto, olho debaixo da cama, debaixo do colchão, enfio a mão no bolso da calça de uniforme jogada no chão. Fuço nas roupas dentro do armário, deslizando os cabides de um lado pro outro. Eu nem sei mais o que estou procurando. No fundo do armário, encontro toalhas de rosto misturadas a caixas vazias de medicamento e livros. Os livros são todos sobre o Novo Testamento. Abro um por um, folheio-os até o final. No último livro, bem no meio do volume, encontro um pedaço rasgado de foto.

Busco no bolso a foto que trouxe da casa da minha mãe, não acredito. Junto a metade que encontrei agora, com a metade que trouxe no bolso. À direita, meu pai está com meu irmão no colo, atrás as caixas de feira, os dois olham pra câmera, sérios. Agora tenho a cena completa. É meu aniversário de três anos. Estou sentada no chão com as pernas cruzadas, usando um chapéu pontudo e colorido de aniversário. Estou descalça, minhas bochechas estão infladas, cheias de ar, não olho pra câmera, olho pra cima em direção ao teto. Olho em direção a uma mancha preta acima da minha cabeça.

Ele tinha desenhado na foto, sobre a minha cabeça, um guardião, um aviso, uma anunciação que atravessou o tempo, o mais perfeito pássaro em voo, inteiro preto. Aproximo a foto do rosto e reconheço a rasura, o traço delicado do meu irmão.

1ª edição [2025]

Este é o livro nº 26 da Telaranha Edições. Composto em Salo e Tiempos, sobre papel pólen bold 90 g, e impresso nas oficinas da Gráfica e Editora Copiart em julho de 2025.